Libro para Colorear de Dragones para Adultos

ESTE LIBRO PERTENECE A:

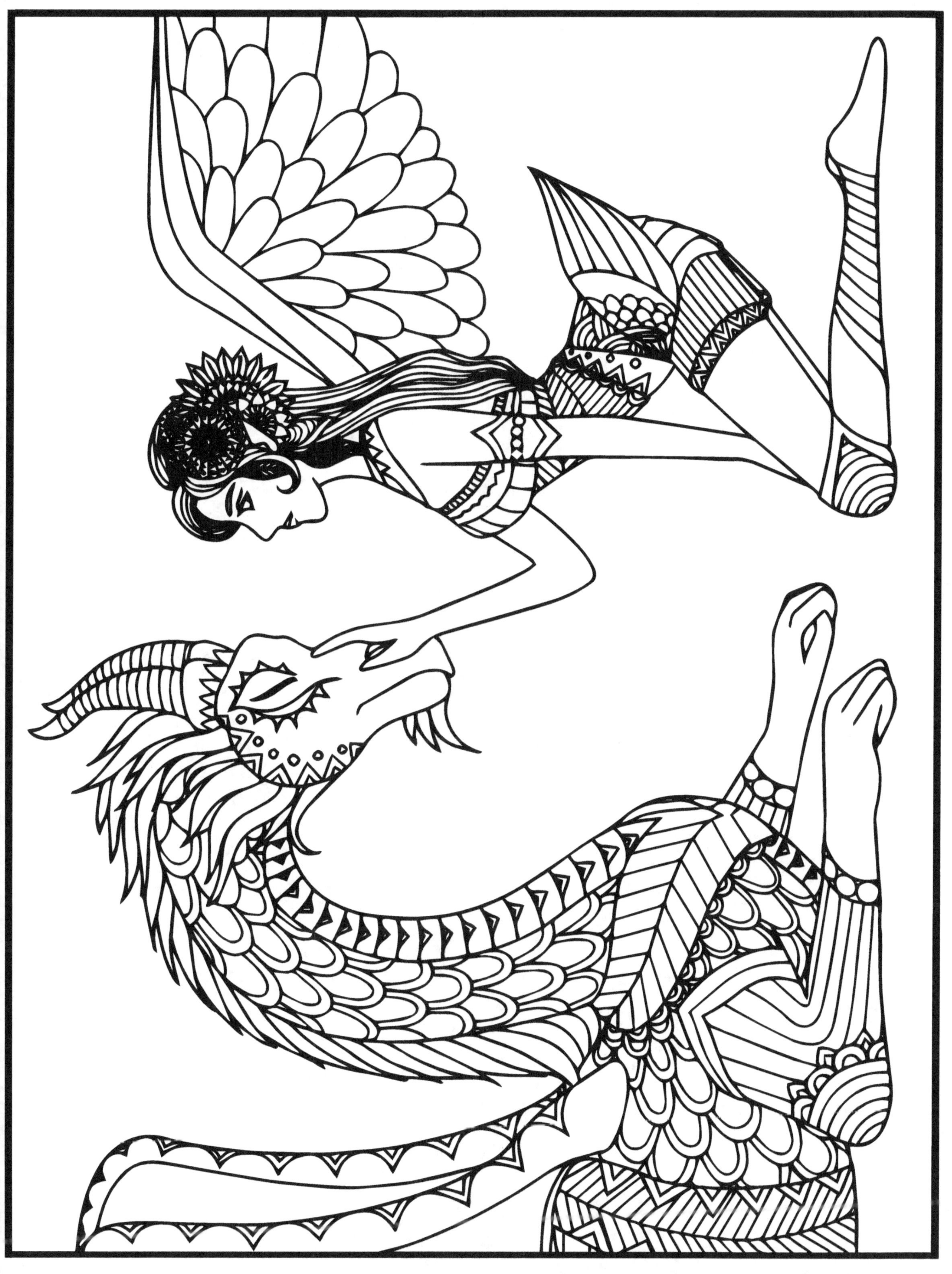

¡¡Hola!!

Esperamos que haya disfrutado de nuestro libro. Como pequeña empresa familiar, su opinión es muy importante para nosotros. Por favor, háganos saber qué le parece nuestro libro en:
believepublisher@gmail.com

¡Sin tu voz no existimos!

Por favor, apóyenos y deje su opinión.

¡Gracias!

www.ingramcontent.com/pod-product-compliance
Lightning Source LLC
Chambersburg PA
CBHW082127180726
48291CB00010B/2765